詩集

# 彼女は待たずに先に行く

緒加たよこ

アイスクリーム

眠れるソファ　10
あの時から　12
さんすけさんは　14
山下時計店　16
天気雨　AM　20
知らず　22
秋はキタテハ　24
風の旅　26
時季　28
air a　30

のんおあみゅるじんぐううるおあらくううんえにもあ　32
air a (2)　34
垣根　36
せみせみんばい　38
一種のアンソロジー　40
こたえ　42
かなちゃん　44
その前へ　46
十一月の挨拶　48
リグレット　50
葉音　52

白写　54
2023　1・28　56
三苫海岸　58
嫌いなことを排除していたら嫌いな自分が残った　62
つつじの森　64
ハルウマレ　68
就寝　70
さんすけさんへ　72

## なつみつ

夕べのごぼう今朝の白菜　76

崖の上の野原のすすき野原の　78
あと3ふんで　80
彼女は　82
パスポートセンターで　84
affair　88
＊　90
あとがき　92

装画　ちなみ

# 彼女は待たずに先に行く

# アイスクリーム

# 眠れるソファ

ねえこのソファ　ちょうだい
そう言って　眠って
持って行かない

帰って来るたび　眠って
やっぱりこのソファ　ちょうだい
いいよ
と言っているのに

このソファがなくなったら
どうなるかな

つつみこまれるようだね　って

座れば眠ってしまう

家族が座って　そして眠った

いいよ　持っていってください

# あの時から

梅雨が好き　なのは
涼しくて　雨は降ってて
いうことは何もない　からかな
洗濯もしない　あわててしない
梅雨ではないけれど
腰高の窓から
大粒の雨が燦然と降っていた外の世界

綺羅綺羅　黙って
あの時は　知らなかった　雨だけを　見ていた
黙って
雨を好きになった時

# さんすけさんは

さんすけさんは　おでかけが好きで　週末になるとかならずわたしを連れ出してくれました　そのくせ夕方　家に帰ると　やっぱり家が一番いいねえと云うのでした
この冬もそうでした　違ったのは　たくさん行き過ぎて　いつどこに行ったか思い出せんなあ　と　わたしも同じでした　春が来て　さんすけさんは死んで　さしあたって　この秋は　秋桜の咲いていたあの場所を眺めていたいと思います

# 山下時計店

となりのとなりのとなり町まで　クルマで
ふと降りて
歩いて
閉まりかけた店々店に　並んで
あ時計屋さん
私　直してほしい時計があるの
　　　　もうずっと持ってるの
誰も直してくれなくて
クルマに積んでた掛時計　見せたら

時間をもらえば直せます

家にもあるの　誰も直してくれないの
持って来てもいいですか

1コめ直って受け取って
　　2コめ直って受け取って

3コめ直して渡すとき
時計屋さん　ニッと笑って
あ待って

その時計の裏側に　なにかをペタンと貼りました

それは金色のシール。

Ⓨのイニシャルつきの。

「山下時計店　09　21」。

# 天気雨　AM

音楽をかけていたから
換気扇はつけたくなかったから
小窓を開けて
お湯を沸かした

洗濯物を洗濯機に突っ込みながら
いつまでたっても沸かないな…
…見たら火は点いてなくて
換気扇がついていた

窓ごしにびわの葉が笑ってた
そんなこともあるよって
びわはカーテンに影を落として
影はもうひとつ
窓の向こうの光の中に

そんなこともあるよって

お湯が沸いた

# 知らず

今朝の金木犀を撮って
誕生日の娘におくる
白く映る空
青く撮れば雲は羊に

往きに忘れた花のなまえ
帰り路　気付く　花のなまえ

わたし金木犀すきよ、ありがとう

知らず
十月になれば香り咲いていた花の
二十五年目の歳月を

# 秋はキタテハ

枯葉の振りして蝶々でした
見つけてから　もうひと月
羽根が破れて飛べません
けれどお陽さまのお昼には
ピョンピョン跳んで　帰ろうと
そして日向ぼっこを始めるのです
羽根を開けば黄橙、身体はそよぐ緑のうぶ毛に守られて
お水をあげるとストローで飲みました
お砂糖　蜂蜜　お花も摘んでみたけれど
　　食べてるように見えません

前の無花果畑に返したい　けれど
このままがいい　のかも　しれない

遠く風の強い日に
サクラの紅葉と舞いあがるキタテハが
見えました

サクラの紅葉を拾い集めてキタテハに
今日も　雪の日も
緑の草も置きました

# 風の旅

鹿はどうしているだろう
はるになったらまたきてください
この山道は桜花のトンネル　藤の花房地面に着くまで

橋から見えたあの池の草辺の君
まっすぐに見つめた君へ
今朝は会いに来ました

凍えた夜は眠れずに　この陽光がまどろみの時

ひとりごとではあったのです
さればお耳のよいあなたのことだもの
声は翻る

翻る
声は
親《ちか》しく
翻り

# 時季

秋のコーヒー　真冬に飲んでる
　引き出しに　ある　冬のコーヒー
春には春のコーヒー　買うだろう
　棚に手を　伸ばして
そして開けるのは　冬の
　春の中の　冬のひと息

air a

こぼれる涙を
あごのラインで
手の甲で
何度も
拭ってた

そんな方法もあるのかと
真似てみた
間に合わなかった
全然

のんおあみゅるじんぐううるおあらくううんえにもあ

お洋服やさんに行きました
ダウンの中身は　コーン
あったかいんですよ～えすでぃじぃずなんです～店員さんはうふふ
セーターは　たぬき　ひらがな
あったかいんですよ～店員さんはうふふ

えすでぃじぃず？それとも
そこまでは～知らないんですよ～うふふ

次のお店でも　たぬき　ひらがな

あったかいんですよ〜
そこまでは〜知らないんですよ〜
　同じやりとり　店員さんはうふふ
　　でも　さっきより　少し困ってる

たぬきなら

郊外　の五月　の明るい田んぼで夫婦
十一月　の峠　の道端　のこは息絶え
今日は　たぬき　ひらがな

# air a (2)

悪意のように伴奏が鳴っていて
唄声が聞こえない

うたってる　唱ってる
夜空に虹む白い月を見るように

会っていましょう
覚えていましょう

はい、聴いていましょう

# 垣根

木蓮　触りたかった
木蓮
のぼってた空に真白に
触りたかった
花びら　夕暮れに　冷たかった
犬、食べたかった　引かれて食べなかった

拾いたかった
冷たかった
花びらを垣根に
触りたかった夕暮れ

## せみせみんばい

せみせみせみせみせみせみせみせみせみ
せみせみせみせみせみせみせみせみせみ
せみせみせみせみせみせみくまあぶら
みんみんみんみんみんみんみんみんぜみぜみ
ちいさい

おととしあったねちいさかったね
だざいふで
きょねんはわすれたことしはあった
いえにきたんだみんみんなかないのはおんなのこなくのは
おとこのことんで
いってよかったばいばい
ばいばい

# 一種のアンソロジー

ここはお墓だから
虫の声　鳥の声がきこえます
虫なのか鳥なのか実は解らない鳴き声なのです
曇り空　透る空
人の声はどこからもきこえない

ひとはどこにいて　話しているのでしょう

ここに

ふたりでいて　五十年も生きたら

かなう記憶もあるでしょう

とまれかしおれ夏のぬくもりウラナの蝶に

# こたえ

昨日の月夜で薔薇が咲きました
「あら素敵　空っぽのお財布を月にかざすと　お金持ちになるそうよ」
昨日の月夜で薔薇が咲きました
「僕は見てない　昨夜の月夜　満月は今夜だね」
昨日の月夜で…

「薔薇は何色？　この部屋の窓から月を見るのが好きだった
あのこはもういないのです」

月色の小さな薔薇が咲きました

思いがけず　つい

お財布を空っぽに
昨夜までを空っぽに
この部屋を空っぽに

月がきれいですね

# かなちゃん

猫は自由に家を出入りしていて
それは他所のねこ
踏みミシンの上にいた猫をさわりたくて猫もうなずいて
ガタンッ
板が落ちて
猫は窓からとび出して
かなちゃんは泣きました　猫がかなちゃんのせいにして逃げたことを
それから　猫が苦手です

庭の裏手の新婚さんのおたくに上がり込んで
おばちゃんの横にマルチーズという犬がいました
黒くて丸い目を見つめました
いぬはかなちゃんに寄って来ませんでした
赤ちゃんがいたかどうかは　あいまいです

大人になったかなちゃんの家に
イヌもネコもいません
でも　かなちゃんは思っています
だっこしたかったかな

# その前へ

ずっとどこかの落書きで
もう見つけられないのかと
思っていた　あのやさしい落書きが
目の前に

好きすぎて一瞬で閉じてしまった
さよならできたわけじゃない
振り向く理由は

こんな背表紙見返し一ページ目にあるなんて

まさかの自己裏切りも甚だしく

# 十一月の挨拶

あ、お月さま
この頃　機嫌がいいようね
こんなに　はやい　じかんから
白く　ぽっかり
日毎　お顔が　ふっくらしてく
おかえり
浮かびに来ただけ　ふとりに来ただけ
でも　おかえり　夕方だから、そういうよ
それで
夜空に光ったら　いってらっしゃい　っていう

# リグレット

もうすぐ高原へ行く
行きたくて行っていなかった　あの高原へ
行ったことのないあの高原へ

日中暮らして今まで通り　午後の
風が冷たく吹いたら
すみれがかる空に出掛け
月はわらった左の頬で

もうすぐ高原へ行く

未だ日暮れは浅く　輝きは　焰い

# 葉音

……………なに、
……わたし、
落ち葉、
振り向く、

そう、
そう。

枯れ葉、
落ち葉、

振り向く。

空
振れる
落葉の

そう
そう

# 白写

さらさらさらさらと
人は出かけて
行きもせず帰りもせず

さらさらさらと
目には風当たり

たぐりよせ
今日も昨日も
たぐりよせ

明日に折り返すものはないことを
知りながら

玄関を開ける

話しかける
ということは
聞いている
ということ　そうか

声が
きこえて
ほほえむのは
胸が
ふるえたから

2023 1.28

この高木に十九羽のひながとまってくれる
ということは
会えている
ということ

雪が降ったら
手のひらで
溶かす

# 三　苫海岸

お宮の坂のてっぺんに
海があり

浜は引き潮
フグ　小さな　フグ

何故　海と行かなかったのか
何匹も何匹も
白く砂に包まれたフグのこを撫でた

引く潮に
向かいながら逃げながら
飛ぶこともなく泳ぐこともなく
鳥は遊び続けている

ずっと遊んでいるというのに

うみありきそらのまなかをさかくだる

# 嫌いなことを排除していたら嫌いな自分が残った

嫌いなことを排除していたら嫌いな自分が残った

駐車場でクルマを降りて　いつものように　くるりと樹々の間を歩いた。伐採と剪定をしまくられた栴檀や楠木の根元で　見たことのない鳥がチョンチョン跳んでいる。一羽だ。目が合った。逃げない。寄ってくるようにあそぶ。じっとしていよう。突っ立ったまま「わたしとあそんで」という題の絵本を想い出していた。マリーホールエッツはお墓の中にいる自分を想像して描いたのではないか　という趣旨のことを言ったら　ひとりのおばあさんが激怒した。

これは！この本は!!幼い少女のあどけないいい話なんです!!(at小さな読書会)

そうかなぁ。わたしはいまでもマリーはお墓になっているんだと思い続けている。
鳥はウグイスだと直感していた。二十日程前から鳴いている。姿は見たことがない。
この一生のうちで初めての対面をしている。

すこし紅の尾っぽ　まだら模様のむなばら　まんまるい目。
灰かぶりの草木色みたいなかろやかなやさしいからだを覚えて　帰った。

どきどきして　どきどきして
あのね鶯に逢ったの鶯に逢った

# つつじの森

空き地があるでしょ
ほっとするでしょ
その向こう
緋色、紫、白に零れて
つつじの森の住人は姿を見せることはないのです

ただ
育て
往き来し
見せず
ひとの背丈ほどになりながら
ただ
籠り

往き来し
立ちどまられようと
その川を
橋で歩くひとなどに
姿を見せることはないのです

その向こう
つつじの森に見えるのは

空き地から
届かない
歩いても
隠れてる
緋色、紫、白に零れて

つつじの森の囀りに

# ハルウマレ

ふわふわの
サニーレタスに
混ざって
たべちゃった
さっきの苺の

こんなの好きだったんだ
シャキシャキしてる

苺あげても

苺の葉っぱからたべてたね
葉っぱだけ
あげてもよろこんで

なんでたべてみなかったのかな　トントンが
好きだったのに

アタシ、ナンデ、タベテミナカッタノカナ
トントンがスキナノニ

# 就寝

明るいので外へ出ました
空は水のようでした
ほんとうに　こうもりが　とんでいる
ほんとうに　こうもりが　とんでいる

足のつかない学校のプールに沈んで
沈んで
見てた
それが時間というのなら
つづきはここまで

# さんすけさんへ

あなたにラブレターを書くことにしました　日がな一日あなたのことをおもってる泣いている吐いている　いつか　広い意味でも深い意味でも浮気して死んでしまったあなたのようにわたしは生きて　浮気して　あなたにラブレターを書くことにしました

なつみつ

# 夕べのごぼう今朝の白菜

こうして台所にいると
2時間もたっていて
夕べのごぼう
今朝の白菜
ごはんつくるの?
と訊かれるけれど
つくるよだってだんだんきついいやになる
ずっと
こうして
暮らしてた

あのひとは
なにも
言い残しは
しなかった
けれど
こうして
時間は
残り

ときどきは
いつも
家にいれば
こうして

崖の上の野原のすすき野原の

崖の野原にある店は通りすがるだけだったけど
なるみちゃんについていったのお財布にだいじだいじに毛虫をいれて
すすき野原にたわわになってる毛虫をそっと手のひらに
モサモサふわふわ
うれしくなって
見せに行ったのおばちゃんに
刺さんのかえ　て云ったかも　刺さんよ　て言ったかも
うれしいまんまお店を出たよ

朝の会の先生のお話で毛虫を見せる悪いこどもがいます　ちがうけど

わたしのことかもしれないし
お店の外のキラキラと　うす暗かったお店の中が

そのまんま思い出になった谷底の川の土手から大根ぬいて
このまんまいいんよ

かじるから
かじったら
おいしいね
おいしいね
なるみちゃん
おいしいね

# あと3ふんで

ブルーインパルスを見たいと言ったのはあなただったのに
きょうは私が見ましたよ
地味なもんでした
グレイ色したけむりをながして
ひとが亡くなりましたから
レインボーカラーの煙は見ましたよ以前に
あれはお祝いの前日の予行演習で娘の卒業式の日で
けれど
本番はありませんでしたひとが亡くなりましたから
こうなるとひとはいつでも死んでいるから

いつでも虹の橋をとかいうくせに
しかたない
ほんとの空は虹をみせてくれる
あの日のそらに弧を描く人のいるということも
見上げたということもいつでも偶然で
あと
3ふんで飛んでくるから一緒に見らんと言ってもらい
色のことは誰も言わずに
今日いっしょにみましたよ

## 彼女は

彼女は
一つの話の
一行分を
ぐるぐる廻って
三回
言い直す
だから一時間の話は三時間になる四時間になる

彼女には
秘密がある

いっぱいある

いままでもそうだった
つかれるから間にべつの話をはさむ
するとさらにちぐはぐ

それが彼女とわたしのじかん
待たずにさきにいく
そのときはあとからいつでもあとから
待たずとも流れあい

# パスポートセンターで

台風の前日に
すでに旅先のような顔をしている人達が
なにをそんなに話し込まれて立ちんぼで待たされて
ひときわ一人だけ
友人なのかと見つめてしまう親しげに話す№８の窓口の
女性の菱形の髪型にみとれていた
そこに呼ばれてしまった

美しいその人は
書類をてきぱきこなす

全部事項の謄本をわたしは閉じたまま渡す
写真を出して免許証を返されてその手と口で

いまわたし何を返しましたっけ
同じ作業の繰り返しで
分からなく
なって

何でも聞いてください

にっこりしていうと

国内連絡先は娘さんなんですね

遠方の住所に目を落とし

出来上がりは十六日ですお使いの予定はないとのことですから

お忘れにならないでくださいね

不規則の一瞬は除籍こうしてパスポートを失効して出遭う
降りかかっていた雨は止んでいるのか酷くなっているのか
風は吹いているのか止まっているのか
長い時間のあとに

## affair

白いべんきにまつ毛が落ちた
掃除をしているべんきのへりに
、このタイミングでいちまい、にまい、
落ちてなんだか
わたしだったたいちまいにまいの
何も今でなくっても

復活しない弾まない
まつげの救済
鏡の中の

終わらない
ルーティンに
光だけ光る

＊

中学時代の夢？
それは夢ではない
所持品だ

＊

キャスターがわたしのことばを話している
なぜ？
アフレコになっている

＊

薔薇色の染まる覚醒

＊

気に染まぬ昨夜のアフレコが残っていたのか

＊

キャスターは
コオロギ
だった

＊

二晩、鳴いていた
消灯の
ドップラー周波数

＊

返した虫は非コオロギ
目の端に右上の宙にいつも浮かんでいる
わたしのつめたさ

# あとがき

なんでもいいけどバニラがいいな。溶けてなくなるアイスクリーム。赤ちゃんみたいに全部栄養になるといいのにね。溶けないのなら混ぜてフワフワ。植木鉢の蟻さんに、ハムスターのハムハムちゃんに、あげましょう。懸命を愛しています。わかっていなくてそのことを。懸命は喪失と隣り合わせでした。

詩の講座を開いていてくださった谷内さん、集われて詩をよまれた諸氏友人の方々へ、詩集にすることを引き受けてくださった田島安江さんはじめ担当の方々に深くお礼申し上げます。

二〇二三年　十一月

緒加たよこ

# 詩集　彼女は待たずに先に行く

二〇二三年十二月二十七日　第一刷発行

著　者　緒加たよこ
発行者　田島安江（水の家ブックス）
発行所　株式会社　書肆侃侃房（しょしかんかんぼう）
〒八一〇・〇〇四一
福岡市中央区大名二・八・十八・五〇一
TEL：〇九二・七三五・二八〇二
FAX：〇九二・七三五・二七九二
http://www.kankanbou.com　info@kankanbou.com

編　集　田島安江
装　丁　acer
DTP　BEING
印刷・製本　アロー印刷株式会社


ISBN978-4-86385-609-7　C0092